DISCOURS

PRONONCÉS

DANS L'ACADÉMIE

FRANÇOISE,

Le Lundi XIX Janvier M. DCC. LXXVIII;

A LA RÉCEPTION

DE M. L'ABBÉ MILLOT.

A L'IMMORTALITÉ

A PARIS,

Chez DEMONVILLE, Imprimeur-Libraire de l'Académie
Françoise, rue S. Severin, aux Armes de Dombes.

M. DCC. LXXVIII.

M. l'Abbé M I L L O T *ayant été élu par Meſſieurs de l'Académie Françoiſe, à la place de* M. G R E S S E T, *y vint prendre ſéance le Lundi 19 Janvier 1778, & prononça le Diſcours qui ſuit.*

Messieurs,

Si les plus grands Génies de la France ont ambitionné l'honneur d'être aſſociés à vos travaux & à votre gloire ; ſi le mérite, décoré de tous les titres de la grandeur, aſ-pire à la noble confraternité qui fait diſparoître les rangs parmi vous ; ſi des Ecrivains immortels, parvenus à ce terme de leurs vœux, ont épuiſé toutes les reſſources du talent pour ſignaler ici leur reconnoiſſance ; comment, n'ayant pas les mêmes reſſources, puis - je remplir le même de-voir, ſans expoſer à la critique le choix dont vous m'avez honoré ? Mais le ſentiment n'a beſoin ni de la pompe ni de la délicateſſe du diſcours : il s'exprime ſur-tout par les

A ij

actions. Régler sur vos exemples, soumettre à vos jugemens, & vous consacrer en quelque sorte les travaux de ma vie entière, c'est ce que je dois, MESSIEURS, c'est ce que je puis : heureux si c'en est assez pour justifier vos suffrages !

Le zèle & le travail ne remplaceront jamais, sans doute, un de ces talens extraordinaires, qui, dès leur première apparition, attirent & fixent tous les regards. En parlant de mon Prédécesseur, je vais sacrifier l'amour-propre à la justice. On connoîtra mieux, & ce que l'Académie Françoise a perdu, & combien sa perte est peu réparée. Heureusement le Public aime la vérité, dans la bouche de ceux qu'elle ne peut enorgueillir, comme il aime la mémoire de ceux qu'elle honore : peut-être m'accordera-t-il son indulgence en faveur de M. Gresset.

Au fond d'un collège, au milieu de la gêne, des ennuis, des tristes études, & de mille objets propres à glacer le génie ou à l'asservir, un jeune homme devient tout-à-coup célèbre par un chef-d'œuvre, non de cette latinité moderne dont il existe à peine quelques juges compétens, mais de cette aménité & de cette gaieté Françoise, dont chacun se prétend juge, sans autre connoissance que celle du monde. *Ver-vert* paroît au grand jour. Le naïf La Fontaine semble revivre avec toutes ses grâces, moins simples dans leur parure, toujours modestes, jamais recherchées dans leur élégance. Le Chantre du Lutrin, si supérieur par le sujet comme par la beauté de ses tableaux, semble trouver un émule, dont l'imagination, plus originale & plus féconde, produit un genre de beautés plus neuves, si naturelles, que tout y charme & rien n'y ressent le travail. Le Pindare de la France admire un phénomène singulier, par lequel il se dit modestement effacé lui-même [1]. Les cris ou les manœuvres d'une cabale passionnée ne font

[1] Lettres de Rousseau.

qu'ajouter du prix à l'applaudiffement général, & fournif-
fent au Poëte des traits heureux, pour caractérifer bientôt
avec enjouement la déraifon, l'abfurde malignité, qui for-
gent des crimes à l'innocence [1].

. Comment définir, Messieurs, cette efpèce de magie poë-
tique à laquelle tout rend hommage? Comment un oifeau,
un cloître peuvent-ils exciter tant d'intérêt, fans aucun
trait qui bleffe les mœurs, fans aucune des reffources trop
fouvent employées par la licence pour fuppléer au génie?
Ici la trompette héroïque ne donne point au fujet une
nobleffe contraire à fa nature. C'eft la lyre d'Anacréon,
exercée fur d'agréables bagatelles. Mais quelle harmonie
délicieufe! quelle richeffe & quel choix d'expreffions! quelle
délicateffe de goût, dans un genre où le goût n'avoit pas
même un modèle! quel affemblage de traits fins & de naï-
vetés piquantes! quelle facilité de verve & quel charme de
coloris! Oui, l'art de réunir les vives couleurs & les ac-
cords mélodieux de la Poëfie, anime, relève & embellit
tout, prête à la fiction la plus frivole des appas qu'envie-
roit prefque la vérité. Ce fut l'art de M. Greffet; ou plu-
tôt, on diroit que la Nature l'avoit doué fingulièrement
de ce don fi précieux, pour faire fentir l'impuiffance de l'art
dans le vulgaire des rimeurs, dont les efforts n'aboutiffent
qu'au fuccès équivoque du moment, & à l'éternité de
l'oubli.

Si *Ver-vert* pouvoit être oublié, ce ne feroit que pour la
Chartreufe. Les efprits févères, à qui le badinage de l'un
ne plairoit pas, feroient-ils infenfibles à l'aimable philofophie de l'autre? *L'oifeau parleur* & fon cortège, indifférens
par eux-mêmes, doivent tout à la Poëfie enchantereffe dont
ils ont reçu leur exiftence. Mais le jeune Poëte, environné
d'objets lugubres, s'égayant à les décrire, les ornant des fleurs
de fa brillante imagination, offre un fpectacle que le dé-

[1] V. le *Lutrin vivant*, la *Chartreufe*, les *Ombres*.

daigneux Stoïcien pourroit contempler. Voyez comme il
sourit aux jeux cruels de la fortune, aux fantômes nés de
la folie & des passions pour le tourment des mortels. Voyez
comme il se fait un Elysée de son Tartare ; comme il foule
aux pieds les peines & les soucis du présent, & se trans-
porte dans l'avenir pour braver tous les orages de la vie humaine ; comme il se retrace vivement les ridicules & les
vices, en philosophe qui les observe pour s'en garantir,
non en censeur atrabilaire, qui les attaque pour humilier
ses semblables. Son génie prend l'essor de la liberté, son
ame se déploie avec franchise, ses sentimens vertueux en-
noblissent même sa paresse, sa paresse donne de la douceur
à ces sentimens, son courage leur donne de l'énergie. Enfin, dans la *Chartreuse* & les *Ombres*, on voit l'Auteur tel
qu'il est ; on admire son talent, on aime son caractère, on
estime ses mœurs : & déjà l'on peut prédire son destin.

  L'homme, qui n'a pas reçu en naissant une de ces ames
communes & molles, cédant par foiblesse à toutes les im-
pressions du dehors ; celui qu'une impulsion forte, soit de
la pensée, soit du sentiment, excite à user de tous les droits
de sa nature, & à chercher le bonheur dans la carrière que
lui marque son génie ; lorsqu'il se trouve déplacé par les
circonstances, se repliant sur lui-même, il s'agite jusqu'à ce
qu'il ait rompu ses fers pour remplir sa véritable destinée.
Ainsi le premier des élémens, le feu, tend à se dégager des
corps où il est captif, & s'élance vers les régions où il doit
agir en moteur de l'univers.

  M. Gresset sentit donc la nécessité de changer d'état.
Nos goûts font nos destins, dit-il ; mais son destin fut l'ouvrage de sa raison conforme à ses goûts. Une Société assu-
jettie aux bienséances les plus rigides, où la pensée même
étoit soumise à des lois que la Religion n'impose point, où
les Lettres étoient un moyen subordonné & non une fin
principale, où *Ver-vert* n'avoit pu se produire impuné-
ment, pouvoit-elle retenir dans ses liens l'homme le plus
fait pour l'indépendance & pour les Muses ? Cet *enga-*

gement contracté fans fe connoître ; il le rompt en fe conçnoiffant [1] : il regrette les Bougeant & les Brumoi, mais il a dû s'en féparer. Le voilà enfin fur le théâtre du monde, comme un Acteur prôné d'avance, impatiemment attendu, & qui, parmi tant d'écueils, doit craindre fur-tout une célébrité auffi perfide que flatteufe.

Alors, MESSIEURS, cette jufte admiration qu'infpirent le génie & les fuccès, ou ce vertige contagieux que l'on appelle engouement, fruit de la légéreté ardente & frivole, s'exerce en faveur du nouvel Horace. Les Mécènes vont au-devant de lui, les meilleures fociétés fe le difputent ; il y porte, avec des mœurs fimples, tout ce que le bel-efprit & les agrémens extérieurs ont de féduifant ; il y trouve le plaifir varié fous mille formes nouvelles ; il s'abandonne à fa paffion favorite, & goûte les douceurs d'une riante oifiveté. Dans l'enchantement d'une telle métamorphofe, fera-t-il perdu pour les Lettres, ou ne fera-t-il que l'émule des Chaulieu ? Loin de lui cette ivreffe épicurienne, qui enchaîne les talens, & ne leur laiffe du moins en partage que des jeux ou des foibleffes ! La carrière eft ouverte : tout le follicite de la parcourir. En vain il fe la repréfente hériffée d'épines, entrecoupée de précipices, couverte des pièges les plus dangereux & des ennemis les plus implacables. En vain il apprécie dédaigneufement une fumée de gloire, toujours infectée par le fouffle de l'envie, & qui tourmente plutôt que de fatisfaire les illuftres efclaves de la renommée. La peinture de ces dangers effrayans, les plaintes qu'il en adreffe à fa Mufe [2], annoncent déjà qu'il va franchir tous les obftacles. Et bientôt, jufques dans les langueurs de l'infirmité, à peine échappé des bras de la mort, on le voit manier la lyre, atteindre au fublime, chanter fa convalefcence & l'amitié, avec un enthoufiafme dont il ne paroiffoit point fufceptible, lorfqu'il fe jouoit

---

[1] Les *Adieux*.

[2] Epître à ma Mufe.

mollement au milieu des grâces & des plaisirs de la jeuneſſe [1].

Aſpirer aux couronnes du Théâtre après de telles preuves de talent, c'eſt ſuivre l'inſpiration du talent même. Oublions *Edouard*, MESSIEURS; oublions *Sidnei*, s'il eſt poſſible, Sidnei qui feroit la réputation d'un autre Poëte. Le génie vient d'eſſayer ſes forces: il nous prépare un chef-d'œuvre.

Qu'il eſt glorieux, à ne conſidérer le Théâtre que d'un œil de Citoyen, d'y mériter des lauriers en combattant les paſſions, & d'y exercer ſur les mœurs publiques une cenſure que la Patrie puiſſe avouer! Zélé partiſan de la vertu, M. Greſſet ſentoit vivement tout ce que le vice a de funeſte & de difforme, tout ce que la Comédie peut avoir de force pour le corriger en lui oppoſant ſa propre image. Il voyoit que le Tartuffe démaſqué court enſevelir ſon infamie dans les ténèbres; que le Joueur, peint avec ſa frénéſie & ſes diſgrâces, doit arrêter au bord de l'abyme celui que la même démence y entraîne; que le Glorieux humilié par les ſuites inévitables de l'orgueil, & trouvant le mépris pour ſalaire de l'inſolence, donne à ſes pareils une leçon bien ſupérieure aux froids axiomes de la morale. Parmi tant de vices dont la ſociété abonde, il remarquoit avec horreur ces caractères malfaiſans qui la rempliſſent de fiel & de poiſon; hommes faux & traîtres par ſyſtême, artiſans de trouble & de ſcandale par plaiſir, ennemis de toute morale par intérêt, railleurs amers de la vertu qu'ils voudroient anéantir, détracteurs du bien qu'ils ne peuvent empêcher, calomniateurs du mérite dont ils ſont jaloux; n'exerçant leur eſprit, n'employant l'art de plaire que pour nuire; & s'applaudiſſant du mal qu'ils font, comme d'un triomphe remporté ſur les ames honnêtes qu'ils choiſiſſent pour victimes: ces hommes, dis-je, fléaux de la ſociété polie, qui toujours les craint & trop ſouvent les recherche, allumoient l'indignation d'un Poëte ami de l'humanité. Il entreprit coura-

---

[1] Epître à ma Sœur.

geufement de mettre fur la fcène leur caractère, fans le dépouiller des grâces qui le rendent plus dangereux : perfuadé qu'il fuffifoit de le peindre pour l'avilir & le faire détefter, il compofa le *Méchant*.

Avec quels tranfports cette Pièce ne fut-elle pas accueillie ? Et quelle continuité de fuccès ne la met pas à couvert des caprices de la mode ? Que d'injuftes critiqúes en exagèrent les défauts, en diffimulent les beautés, qu'importe ? les beautés n'en feront pas moins fenties, le fuccès n'en fera pas moins conftant : & qui fe fouvient encore des critiques ? C'eft à vous principalement, Messieurs, qu'il appartient de prononcer fur les œuvres du génie, d'apprécier dans le *Méchant* cette vérité de caractères, ces heureux contraftes, ces admirables fcènes où le fel de Plaute affaifonne l'urbanité de Térence ; cette morale exquife, répandue par-tout avec des agrémens toujours nouveaux ; ces vers dont l'élégance facile flatte l'oreille, & dont l'énergie s'imprime fortement dans la mémoire ; cet art, fi peu commun, d'intéreffer l'efprit attentif du Lecteur, encore plus que celui du Spectateur enchanté par les preftiges du Théâtre. Mais le jugement de l'Académie eft connu depuis l'époque de la Pièce. Elle s'empreffa d'élire M. Greffet ; & en couronnant ainfi fon mérite, elle crut acquitter une dette de notre Littérature, je dirois prefque, de la Nation.

Pouvoit-on prévoir qu'un Poëte né pour enrichir la langue Françoife, pour joindre aux honneurs académiques tous les avantages de la fociété, iroit fe confiner dans une Province, à l'âge où le génie victorieux doit être le plus fécond en prodiges ? Le penchant triomphe de tout ; cet Homme rare ne fait qu'exécuter le plan de vie, qu'une forte d'inftinct prophétique lui avoit infpiré dans fa *Chartreufe*. Paris lui déplaît, il l'abandonne ; fa Patrie l'attire, il y vole ; un heureux hymen l'y retient ; l'amour, l'amitié & le repos l'y enchaînent ; & les Mufes gémiffent de l'avoir perdu. On le croit changé ; mais l'homme folide & vrai ne change point, lorfqu'il choifit la fituation où le porte fon caractère :

B

tout change autour de lui, il ne fera jamais que lui-même

Des principes auſtères & ſacrés, les principes qui ſubjuguèrent autrefois l'incomparable Racine, réveillés dans l'ame de M. Greſſet, y raniment bientôt des ſentimens qui ne furent jamais éteints : il en ſuit l'impreſſion avec la franchiſe qu'il montra toujours. Ami & diſciple d'un pieux Evêque, il abjure publiquement le Théâtre : il fait plus ; ces badinages charmans, ces premières productions de ſa Muſe, innocent plaiſir de tant de Lecteurs, il craint qu'une licence irréligieuſe ne les empoiſonne ; il voudroit pouvoir les effacer : tant la ſupériorité d'eſprit ſe plie humblement au joug de la Religion.

Mais qu'on n'impute pas au principe des vertus la déplorable éclipſe des talens. Agréable tranquillité, plaiſirs ſimples & purs, occupation ſans effort, amitié ſans gêne, ſociété ſans entraves, ces goûts dominans de l'Auteur de la *Chartreuſe*, c'eſt à eux qu'il ſacrifie pour toujours & le Parnaſſe & la gloire. Duſſent les grâces de l'imagination & du ſtyle ſe flétrir loin des modèles de la Capitale, il a trouvé le bonheur ; il l'embraſſe pour ne s'en détacher jamais. Le bonheur n'eſt ce pas le terme où tend la nature, où doit conduire la raiſon ? Et parmi les ſpectacles affligeans que multiplient les paſſions orageuſes ou les délires de l'eſprit humain, peut-on ne pas conſidérer avec intérêt un ſpectacle moins commun ſans doute, & propre à conſoler la vertu, un Sage, autrefois célèbre, heureux dans l'obſcurité ?

Regrettons des ſacrifices trop rigoureux que lui reprochent les Muſes Françoiſes : mais publions un ſecret révélé par l'amitié, & digne de couronner ſon éloge. Il s'étoit exercé dans un genre où la haine du vice ſemble quelquefois armer le génie ; genre néanmoins toujours dangereux, preſque toujours condamnable, dans l'épigramme ſatirique. Il en eut naturellement le goût. Tant d'objets odieux ou ridicules peuvent l'irriter ! tant de motifs, même honnêtes, le juſtifient en apparence ! Jamais il n'en a laiſſé le moindre veſtige ; & dans la perſonne peut-être qui méritoit le moins d'égards, il a cru devoir respecter ou épargner l'homme. L'humanité s'applaudira d'un si bel exemple: la méchanceté en seroit confondue, si elle savoit rougir.

Tel fut, MESSIEURS, l'Académicien respectable que vous avez vu, à la fin de sa carrière, honoré de l'estime & des bien-faits d'un Roi qui gouverne par la justice. En louant ses ver-tus unies aux talens, j'ai rempli les devoirs d'Historien plu-tôt que les fonctions d'Orateur: je n'ai fait que rendre hom-mage à la vérité; c'est à elle que j'ai consacré jusqu'à ce jour mes foibles travaux; c'est elle que je viens adorer dans ce Temple de la Littérature nationale. Après y avoir reçu l'encens des Corneille & des Racine, des Bossuet, des Fé-nelon & des Fleuri, des Fontenelle & des Montesquieu, de tous ces Ecrivains immortels qui ont étendu son empire avec celui de notre langue jusqu'aux extrémités du monde; non, elle ne dédaigne pas le culte du zèle, mais elle impose à quiconque ambitionne de suivre leurs traces, la loi de les regarder comme ses maîtres.

Et que ne leur doit pas en particulier l'Histoire, devenue l'instruction & le plaisir de ceux que le nom d'étude pou-voit effrayer; l'Histoire, où la philosophie de Tacite & de Plutarque ajoute à l'importance des faits toutes les lumiè-res de la raison? Elle vous sert, MESSIEURS, depuis l'ori-gine de cette illustre Compagnie, à immortaliser les Héros & les bienfaiteurs de la France, à perpétuer l'honneur du nom François, en retraçant les modèles qui suscitent & di-rigent les grands Hommes. La vérité historique foudroie les réputations élevées sur le mensonge: elle dissipe l'éclat de la fausse gloire, & n'en assure que mieux la gloire solide.

Par-là, Richelieu, votre Fondateur, sera éternellement époque dans l'histoire des Lettres comme dans les fastes de la politique.

Par-là, ce grand Roi, qui le premier attacha au Trône le titre de votre Protecteur, que venoit de porter honorable-ment le Chef de la Justice, fixera toujours l'admiration même des Sages, quelque sévères que puissent être les jugemens

fur fon règne. La Poëffe & l'Eloquence ont préconifé à l'envi
tant de qualités royales, devant lefquelles difparoît prefque toute la pompe de fes trophées. Mais il n'appartenoit
qu'à LOUIS XIV de fe peindre lui-même par fes propres fentimens, dans les effufions fecrettes de fon efprit & de fon
ame ; dans de fimples lettres, quelquefois trempées de fes
larmes, toujours diélées par la fageffe la plus profonde. Un
homme qui lui fut cher, & qui dut l'être à la patrie, nous les
a confervés, ces précieux monumens d'une ame fenfible &
fublime, d'un génie fait pour dominer & pour gouverner les
Peuples. On les connoît enfin ; & peut-on ne pas s'écrier,
en les admirant: il fut digne de donner fon nom au plus
beau fiècle de notre Littérature, ainfi qu'au plus beau fiècle
de la France ?

Moins de force & d'éclat, plus de douceur & de modération, fembloient affurer à fon fucceffeur les avantages d'un
règne conftamment paifible. Hélas ! que d'obftacles les paffions d'autrui élèvent contre les généreufes volontés des
Rois ! L'amour de la paix dans la viéloire, l'égalité d'ame
dans l'infortune, le défir de faire des heureux dans les temps
les plus difficiles ; dans la crife même des affaires, une at-
tention fuivie à prévenir ou à calmer les difcordes inteftines,
combien de traits d'un Roi bienfaifant, d'un maître chéri,
d'un tendre père, ont caraélérifé LOUIS XV ! Combien
a-t-on défiré que les événemens répondiffent toujours, & à
la jufteffe naturelle de fon efprit, & à la bonté de fon
cœur !

Ne prévenons pas, MESSIEURS, les éloges de la poftérité
en faveur du jeune Monarque, dont les lois raniment nos
efpérances. La flatterie, s'autorifant de ce qu'il a fait, pourroit le mettre déja en parallèle avec fes plus fages prédé-
ceffeurs ; mais il fait trop ce qui lui refte encore à faire, pour
que la flatterie le trouve acceffible à fes funeftes féduélions.
Bornons-nous à des vœux qu'il puiffe approuver. Et comment défapprouveroit-il des vœux qu'il s'efforce d'accom-
plir ? Puiffe donc fon amour de la juftice la rendre auffi

efpeĉable à l'homme puiffant que fecourable à l'homme
foible ! Puiffe fon amour de l'ordre , maintenir tous les
états dans leurs droits & dans leurs bornes, en foumettant
au frein de la loi tous les vices, tous les caraĉères pertur-
bateurs de la fociété ! Puiffe fa bienfaifante économie ré-
tablir fans effort toutes les reffources du Royaume , autant
pour la félicité que pour la gloire de la Nation ! Puiffent fes
mœurs fervir de modèle aux Grands de fa Cour & aux derniers des Citoyens ? Egalement modéré & ferme dans fa
politique, zélé pour la paix fans craindre la guerre, ennemi de cette fatale ambition qui prodigue le fang humain, en
pourfuivant les chimères de l'orgueil ; ennemi de cette molle
pufillanimité qui néglige des avantages légitimes & cer-
tains , que par la prudence de fes confeils, il ajoute un nou-
veau luftre à la dignité de fa Couronne ! Qu'il faffe de la
puiffance de fa Monarchie le fondement de la tranquillité
de l'Europe ! En un mot, que fon règne foit confacré dans
l'Hiftoire comme le règne du bien public !

Jean le Rond

Réponse de M. D'Alembert, Secrétaire Perpétuel de l'Académie, au Discours de M. l'Abbé Millot.

Monsieur,

En venant occuper parmi nous la place que vous ont accordée nos suffrages, vous recevez la juste récompense de vos talens & de vos travaux ; en me voyant chargé de votre réception, & en vous rappelant ceux qui devoient au lieu de moi porter la parole, vous éprouvez sans doute qu'on n'est pas toujours heureux, au moment même où l'on obtient ce qu'on mérite & ce qu'on désire. Le sort qui me destine aujourd'hui à la périlleuse fonction d'Orateur, nous avoit d'abord mieux traités l'un & l'autre. Il avoit choisi pour présider à cette Séance, un Philosophe éloquent & célèbre [1], qui eût été, dans ce jour solemnel & devant une si respectable Assemblée, le digne Interprète de l'Académie, comme il l'a été de la Nature dans ses Ouvrages. Mais une santé fragile & chancelante, dont le soin nous est aussi précieux qu'à lui, le tient en ce moment éloigné de nous, & nous force de sacrifier à l'intérêt de le conserver le plaisir que nous aurions à l'entendre.

Nous nous flattions de le voir dignement remplacé par un Académicien [2], que le seul nom de Rohan, depuis

[1] M. le Comte de Buffon, Directeur.
[2] M. le Prince Louis de Rohan, Chancelier de l'Académie.

long-temps refpecté parmi nous [1]; rendroit cher à cette
Compagnie, ~~mais dont~~ la perfonne nous eft plus chère encore par les grâces de fon efprit, par fa noble & géné-
reufe franchife, par fon zèle auffi actif qu'éclairé pour nos
intérêts, qui lui fait préférer l'honneur de fe montrer l'Ami
des Lettres à la vanité de n'en être que le Protecteur. Les
devoirs que lui a récemment impofés une Dignité nou-
velle & importante, nous privent encore de le voir à notre
tête, & ne vous laiffent que moi, MONSIEUR, pour
fuccéder dans cette place à deux Confrères qui l'auroient
fi bien remplie. Je ne me flatte pas de vous dédommager de
cette double perte, encore moins de la faire oublier à l'Académie que j'ai le dangereux honneur de repréfenter, &
fur-tout à ce Public redoutable qui nous entend & qui nous
juge.

Heureufement pour vous, je n'ai point à craindre, en
lui préfentant vos titres, qu'ils lui foient ou inconnus ou
indifférens; il me fuffira, pour juftifier notre choix, de répéter avec confiance le jugement unanime que tous vos
Lecteurs ont portés de ces excellens *Abregés Hiflori-
ques* [2], qui ne prétendant pas, fous ce titre modefte,
à l'honneur d'avoir des Savans pour Lecteurs, ont mérité
celui d'avoir des Lecteurs Philofophes; parce que vous y
avez fu joindre à un ftyle élégant, pur & facile, une raifon
éclairée, courageufe & fage, qui voit & juge tout fans
rien outrer ni rien affoiblir, & qui atteint toujours fon
but fans le paffer jamais. Auffi fidelle aux convenances,
que jaloux de ménager à la vérité tous fes avantages, vous
avez eu l'art & le bonheur de garder toujours en la difant
cette jufte mefure, fi néceffaire pour lui ôter ce qu'elle

[1] Feu M. le Cardinal de Rohan & feu M. le Cardinal de Soubife ont été
tous deux Membres de l'Académie, à qui ils ont fouvent donné des preuves de
leur amour pour les Lettres.

[2] Élémens de l'Hiftoire de France, de l'Hiftoire d'Angleterre, de l'Hiftoire
générale Ancienne & Moderne.

peut avoir de choquant, en lui laissant tout ce qu'elle a d'utile. Obligé quelquefois, dans ces Fastes de la méchanceté & de la folie des hommes, de franchir des pas glissans & dangereux, vous avez, si je puis parler ainsi, conservé dans cette position hasardeuse l'exact équilibre qui seul peut garantir de la chûte, & qui pour la prévenir demande à la fois la vue la plus attentive & la marche la plus assurée. Aucun Historien n'a peut-être mieux observé que vous, non cette maxime triviale & fausse, que celui qui écrit l'Histoire ne doit avoir ni Religion ni Patrie, mais ce principe d'une Philosophie plus saine & plus vraie, qu'également éloigné du faux zèle & du scandale, de l'esclavage & de la révolte, aimant sa Nation & juste envers les autres, il doit rendre la vraie Religion respectable à tous les hommes par la morale qu'elle enseigne, & la Patrie chère aux Citoyens par les liens sacrés qui les unissent à elle, & qui rendent si doux le besoin de l'aimer. Bien différent enfin de ces Compilateurs de faits & de dates, dont les savantes recherches ne nous laissent rien ignorer excepté ce qu'il nous importe de savoir, vous avez vu & montré dans l'Histoire ce que doit y chercher l'œil du Sage, & ce que doit tracer sa plume, le tableau si intéressant des maladies morales, qui dans tous les siècles & chez tous les Peuples ont affligé la malheureuse espèce humaine ; maladies épidémiques ou constantes, universelles ou locales, dont la superstition & la tyrannie sont le principe, dont l'ignorance & l'erreur sont l'aliment, dont les lumières & les bonnes Lois sont le remède.

Voilà, MONSIEUR, ce qui rend vos Ouvrages dignes d'entrer dans l'éducation nationale ; voilà ce qui les fait rechercher avec empressement par tant de Pères de famille, à qui ils offrent l'heureux moyen de faire éclore & de cultiver dans l'ame de leurs enfans le précieux germe de la raison & de la vertu. Aussi avons-nous la satisfaction de voir cette portion si respectable & si nombreuse de nos

Concitoyens,

Concitoyens, applaudir au choix que nous avons fait de
l'Ecrivain qui a tant de droits à leur reconnoissance
& à leurs éloges, féliciter l'Académie d'encourager les
talens utiles en récompensant les vôtres, & nous remercier
d'avoir acquitté par votre adoption la dette des Pères &
celle de la Patrie.

Le sentiment que doit inspirer pour vous un si touchant
intérêt, sentiment qui fait taire & disparoître tous les
autres, me fera passer légèrement sur ces Traductions esti-
mables [1], où vous avez essayé de faire revivre les Dé-
mosthènes & les Tacites, autant que vous l'ont permis les
entraves & la timidité d'une langue si inférieure à celles
de ces grands Hommes ; où vous avez revêtu d'une prose
élégante l'*Essai sur l'Homme* de l'Horace Anglois [2], qui
ne doit plus aspirer maintenant qu'à l'avantage de se faire
entendre en vers harmonieux à la Nation Françoise , &
dont le génie, digne de trouver un Traducteur dans un
rival, attend & implore le secours du Poete [3], qui pour
l'honneur de notre langue la fait si bien parler à Virgile.

Je ne m'étendrai pas plus long-temps sur cette *Histoire
des-Troubadours* [4], où le soin de montrer en détail aux
Gens de Lettres le spectacle intéressant pour eux de notre
Poésie foible & naissante, vous a donné le courage de dé-
vorer la monotonie du sujet , si difficile à sauver dans
les portraits trop semblables entr'eux de ces Poetes simples
& naïfs, qui ne savoient chanter que leurs sentimens &
peindre que leur ame ; chez qui la Nature ne parle qu'un

---

[1] Traduction des Harangues de Démosthène & d'Eschine pour la Couronne,
& de plusieurs Harangues choisies de Tacite, de Quinte-Cuice, de Tite-Live & de
Salluste, 1764.

[2] Traduction en prose de l'*Essai sur l'Homme* de Pope, avec un Discours sur
la Philosophie Angloise, 1761.

[3] M. l'Abbé Delille prépare une Traduction en vers de l'*Essai sur l'Homme*
de Pope.

[4] Cette Histoire a été composée par M. l'Abbé Millot sur les Mémoires de M. de
Sainte-Palaye.

C

langage, devenu trop uniforme & trop languiſſant pour
nous que l'art a trop éloignés de la Nature ; enfin à qui
les Horaces, les Ovides & les Tibulles n'ont fourni ni
modèle ni ſecours, mais que d'illuſtres Poëtes modernes
n'ont pas dédaigné de dépouiller quelquefois, comme on
voit quelquefois les riches s'emparer du bien des pauvres.

Nous venons, MONSIEUR, de remplir la double tâche
que la circonſtance nous impoſoit, à moi de vous faire
eſſuyer des louanges en face, à vous de les entendre &
de les ſouffrir. Nous nous ſommes acquittés l'un & l'autre
du perſonnage, preſque également pénible à tous deux,
que nous étions condamnés à ſoutenir devant des Auditeurs
dégoûtés & ſévères, qui ne reprochent que trop à nos
Harangues l'abus des éloges, & que la profuſion de notre
encens fatigueroit quand même il ſeroit pour eux. Je
terminerois donc ici ce que j'avois à dire de vous, s'il
m'étoit permis de paſſer ſous ſilence un autre droit que
vous avez acquis, je ne dis pas ſeulement à nos ſuffrages,
j'oſe dire même à notre reconnoiſſance. Je veux parler du
monument que vous avez élevé dans votre dernier Ouvrage [1] à la gloire de LOUIS XIV notre auguſte Protecteur, de ce Prince dont le ſouvenir eſt ſi cher aux Lettres par tout ce qu'il a fait pour elles, trop enivré d'encens, il eſt vrai, par l'aveugle admiration de ſes Contem-
porains, mais trop rigoureuſement jugé par la ſévérité phi-
loſophique de notre ſiècle, qui en le citant à ſon Tribunal
auſtère & redoutable, ſemble avoir voulu le punir des adu-
lations qu'il eut le malheur d'aimer & la foibleſſe d'entendre. Ses inexorables Cenſeurs, oubliant l'eſſor qu'il
donnà à ſa Nation, le mouvement qu'il imprima à ſon
ſiècle, le reſpect qu'il ſut attirer au nom François, l'amour
que durant cinquante années il mérita de ſes Peuples ; oubliant que dans les beaux jours de ſon règne il avoit ſu choiſir

---

[1] Mémoires d'*Adrien Maurice* Duc de Noailles, Pair & Maréchal de France, &
Miniſtre d'État. On pourroit les intituler : *Mémoires d'un Courtiſan vertueux & citoyen.*

les Turennes & les Condés pour ſes Généraux, les Colberts
& les Louvois pour ſes Miniſtres, les Montauſiers & les
Boſſuets, les Beauvilliers & les Fénelons pour Inſtituteurs de
ſes enfans, lui ont reproché, avec quelque raiſon ſans doute,
mais avec trop d'amertume, les coupables manœuvres de ceux
qui dirigèrent ſa conſcience & trompèrent ſa religieuſe
probité, les fautes des Miniſtres & des Généraux qu'il ſe
laiſſa donner dans ſa vieilleſſe, les perſécutions que le fana-
tiſme aveugle ou l'hypocriſie ambitieuſe exercèrent ſous
ſon nom en les lui laiſſant ignorer. Vous avez, MONSIEUR,
diſſipé ſans retour les nuages répandus ſur ſa gloire, en
nous mettant ſous les yeux ces lettres écrites par lui-même,
qui font bien mieux ſon éloge que tous les hommages &
les menſonges de la flatterie. C'eſt-là que nous avons vu, &
que les âges futurs verront comme nous, la ſageſſe de ſes
principes & la droiture de ſon cœur; ſes vues ſaines d'ad-
miniſtration, quand elles n'étoient point troublées par celles
des autres; ſa raiſon toujours ferme & tranquille au ſein
de l'infortune & de l'humiliation même; ſa conduite enfin
toujours noble & digne de lui durant cette guerre malheu-
reuſe, qui par un contraſte remarquable, fut à la fois la
plus juſte dans ſes motifs, la plus funeſte par ſes événemens,
& la plus avantageuſe à la Maiſon de France par la Paix
qui l'a terminée. Tous les bons Citoyens, tous les François
dignes de ce nom, ont lu avec attendriſſement ces lettres,
que l'Hiſtoire leur avoit cachées trop long-temps. Ils n'ont
pu voir ſans douleur & ſans indignation, que les rares talens
donnés par la Nature à ce Monarque pour faire le bonheur
d'un grand Peuple, euſſent été comme étouffés par une
éducation dont il ſe plaignit juſqu'à la fin de ſes jours;
triſte ſort de tant de Souverains, qui ont eu comme lui le
courage de l'avouer, & qui auroient été de bons Rois, s'ils
n'avoient même reçu que l'éducation commune. La voix de
la Patrie a crié, que les coupables Inſtituteurs d'un Prince
qui s'étoit montré ſi digne d'être formé par des Sages,
avoient été des ennemis publics, faits pour être dévoués à

l'anathême de la Nation ; & cette même voix redemande à la Poſtérité, pour ce reſpectable & infortuné Monarque, le nom de GRAND, que ſon ſiècle s'eſt trop preſſé de lui offrir & le nôtre de lui diſputer, qu'une éducation digne de ſon heureux naturel lui auroit fait donner par ſes ennemis mêmes, & que malgré ſon éducation il a ſu mériter encore.

L'Académie devoit, MESSIEURS, cette juſtice publique à la mémoire d'un Roi, dont les bontés lui ſeront toujours préſentes, & qui après ſoixante ans attend encore au fond de ſon tombeau des Juges équitables. Souffrez, que dans la ſeule occaſion peut-être où je prêterai ma foible voix à mes Confrères, je me félicite d'avoir été l'Interprète des ſentimens ſi juſtes dont je les ai vus pénétrés tant de fois : vous devez, MONSIEUR, vous féliciter encore davantage, d'avoir contribué par vos Ecrits à ranimer & à fortifier ces mêmes ſentimens dans l'ame de vos Concitoyens.

Auſſi touché qu'honoré d'avoir ſatisfait à un ſi noble devoir, je devrois ſans doute terminer ici mon Diſcours, & lui donner du moins ce mérite de la briéveté, ſi rare chez les Orateurs, quoiqu'e toujours en leur pouvoir. Mais je dois à la cendre de votre illuſtre Prédéceſſeur, un tribut que réclament ſes Vertus & ſes Ouvrages, que l'Académie exige, & que le Public attend. C'eſt ici, MESSIEURS, le moment le plus critique pour moi dans la place où je me trouve. Déja je crois apercevoir & démêler le ſourire malin d'une partie de cet Auditoire, curieuſe d'obſerver comment la Géométrie va s'y prendre pour apprécier les talens d'un Poëte, & de la voir, ſi j'oſe parler ici ce langage, meſurer la Lyre d'Apollon avec le Compas d'Archimède. Si j'ai le malheur d'échouer contre les difficultés de mon ſujet, il reſtera du moins à mon amour-propre la foible conſolation de les avoir prévues & ſenties.

L'Académicien que nous avons perdu, eſt un des Ecrivains diſtingués, qu'a formés pour la Littérature cette Société (dirai-je célèbre ou fameuſe ?) dont la fortune fut long-temps ſi brillante, dont la chûte a été ſi rapide, & dont

l'agonie a paru fi longue à fes ennemis. M. Greffet, qu'elle
démêla bientôt dans la foule de fes Elèves, ne tarda pas à
devenir un de fes Membres, entraîné vers elle par le principe
honnête & louable, qui autrefois fit entrer dans fon fein
les Petau, les Sirmond, les Bourdaloue, tous ces Hommes
enfin dont elle a tiré fa véritable gloire, & la feule qui refte à
fes manes. L'amour de la retraite & de l'étude fut l'attrait
qu'elle offrit au jeune Profélyte, inacceffible à toute autre
féduction, mais cédant comme malgré lui à cette vocation
modefte. Uniquement lié avec ceux de fes Confrères, qui
comme lui fans ambition & fans intrigue, partageoient
avec lui le goût paifible de la folitude & du travail, il ne vit
dans la Compagnie à laquelle il s'étoit attaché, que ce
qu'elle offroit à une ame pure d'intéreffant & d'eftimable :
auffi conferva-t-il toujours pour elle, même après l'avoir
quittée, même lorfqu'il la vit périr & difparoître, cet
attachement inviolable, qu'elle a fu infpirer à tous ceux qui
lui ont appartenu ; attachement auquel on les reconnoît
comme à un air de famille, & qui aux yeux du Philofophe
peut faire en même temps l'éloge & la cenfure d'un Corps,
dont le défaftre a laiffé les mêmes regrets aux plus vertueux
& aux plus ambitieux de fes Membres.

Vous fûtes, MONSIEUR, appelé autrefois dans cette
Société, par les motifs fi dignes d'éloge, qui lui avoient
donné M. Greffet ; vous avez, comme lui, confervé pour
elle les fentimens de reconnoiffance qu'elle devoit attendre
de vous : mais plus clairvoyant ou plus courageux que lui,
parce que le devoir facré d'Hiftorien vous en impofoit la
loi févère, vous avez ofé avouer, en Sage & en Citoyen,
les reproches graves que plufieurs de vos anciens Confrères
ont malheureufement trop mérités ; & vous avez recueilli de
votre fincérité philofophique ces injures que l'ami de la
vérité recueille & méprife, mais qu'il peut néanmoins
regarder & recevoir comme une récompenfe, parce que le
déchaînement des hommes de parti eft, pour ainfi dire, un
brevet d'impartialité & de modération qu'ils lui affurent,

& une efpèce d'avis que le fanatifme mal-adroit donne fans le vouloir à la Poftérité, d'accorder à l'Ecrivain qu'il outrage fa confiance & fon eftime.

Notre Académicien, avant de quitter la Compagnie qui fut fon berceau Littéraire, y avoit donné des preuves éclatantes, non-feulement de fon rare talent pour la Poéfie, mais ce qui étoit plus difficile à fon état & à fon âge, de cette fineffe de goût, qui femble exiger la connoiffance du monde & l'ufage réfléchi de la fociété. Il fut, dans le Poëme de *Ver-vert*, faire un Ouvrage très-agréable de ce qui n'eût été entre les mains d'un autre qu'une plaifanterie infipide & monotone, deftinée à mourir dans l'enceinte du Cloître qui l'avoit enfantée. Il eut l'art de deviner au fond de fa retraite la jufte mefure de badinage qui pouvoit rendre piquante pour les Gens du monde une production fi futile pour eux par le fujet; il y répandit, avec intelligence & avec fageffe, ces grâces délicates & légères, qui dans les détails dont il a égayé fes tableaux, empêchent la gaieté d'être ignoble & faftidieufe. Bientôt après il montra par fa *Chartreufe* un talent plus intéreffant encore pour cette claffe de Lecteurs, qui veulent avec Horace que la Poéfie ne fe borne pas à des *bagatelles fonores* [1]; talent qui s'annonça dans cette Pièce de la manière la plus diftinguée, & que M. Greffet laiffa voir encore depuis par quelques autres fruits de fa Mufe [2]. On trouva dans tous ces Ouvrages, & l'on admira fur-tout dans celui dont nous parlons, une philofophie fans oftentation & fans effort, libre mais décente, qui apprécie tout fans rien braver; une facilité de coloris qui prodigue & enchaîne les images; une richeffe d'expreffions qui en fait pardonner l'abondance; une molleffe de ftyle & d'harmonie dont le charme femble entraîner doucement l'oreille; enfin une forte d'abandon, qui fans avoir les défauts de la négligence en a le naturel & les grâces.

---

[1] *Verfus inopes rerum nugæque canoræ.* Art. poet.

[2] Les Ombres, l'Epître à fa Mufe, l'Epître au Père Bougeant, l'Epître à fa Sœur, &c.

Les applaudissemens flatteurs que reçurent ces heureux essais, firent connoître au jeune Poëte, qu'il étoit destiné à briller dans un genre trop peu fait pour une robe austère & grave, que sa reconnoissance pour ses Maîtres lui rendoit chère, mais que son talent lui rendoit incommode. Il sacrifia, quoiqu'à regret [1], sa robe à son talent : ce sacrifice, sollicité, pour ainsi dire, depuis long-temps par des succès réitérés, ne fut point une de ces méprises si ordinaires à tant de jeunes Versificateurs, qui prenant pour l'impulsion du génie l'incurable facilité de joindre ensemble des mots & des rimes, font aux Muses une cour opiniâtre avec plus d'envie que de moyens de leur plaire, & n'ont pour elles qu'une passion importune & malheureuse.

Néanmoins, sans se tromper comme eux sur le talent bien décidé qu'il avoit pour la Poésie, M. Gresset se trompa d'abord un moment sur le genre auquel il devoit l'appliquer. Il eut l'ambition de la plupart des Poëtes ; il fit une Tragédie, avec le triste succès dont le plus grand nombre d'entr'eux s'est vu récompensé. Il est surprenant que dans la solitude il eût mieux connu le véritable usage de ses talens, & qu'il ne commençât à s'y méprendre qu'après avoir vu le monde & les hommes. Mais l'amour de la gloire, qu'il avoit comme ignoré dans la retraite, & qui s'empara de lui dès qu'il l'eut abandonnée, lui fit saisir & tenter le moyen qu'il crut le plus propre à faire ouvrir en sa faveur les cent bouches de la Renommée. Dans la Tragédie qu'il osa risquer sur la Scène, l'intérêt que paroissoit offrir le sujet, & une des plus belles situations que l'amitié semblât pouvoir fournir au Théâtre [2], ne purent couvrir la foiblesse de la marche, des mouvemens & du coloris. Il se rendit justice & ne perdit pas courage ; il renonça, sans peine & sans humeur, à la Tragédie, pour laquelle il reconnut qu'il n'étoit pas

---

[1] Voyez sa Pièce qui a pour titre, *Adieux aux Jésuites.*

[2] Voyez la scène VII du IVᵉ acte, entre Vorcestre & Arondel. Voyez aussi la scène VIII du IIIᵉ acte, entre les mêmes Acteurs.

fait ; mais le fentiment qu'il avoit de fes forces, lui fit chercher dans *Sidnei* un fujet, qui, fans appartenir préci-fément au genre Tragique, fe prêtât à une énergie de ftyle dont il fe croyoit capable, quoique perfonne ne l'en foup-çonnât. Il prouva en effet par quelques fcènes de fa Pièce, que ce Poete à qui l'on ne connoiffoit que les grâces du Corrège, avoit auffi, quand il le vouloit, la vigueur de Rembrandt. S'il mit dans les vers de cet Ouvrage une force qu'il n'avoit pas fu mettre dans ceux de fa Tragédie, c'eft qu'il avoit dans l'ame plus de mélancolie que de chaleur, & que ce caractère le rendoit plus propre à faire parler des paffions triftes, qu'à faire agir des paffions violentes : & fi le tableau qu'il traça dans *Sidnei* avec cette couleur rem-brunie dont il attendoit un fi grand effet, parut plus fombre qu'intéreffant, c'eft que la mélancolie, ce fentiment recueilli & folitaire, qui pénètre & foulage une ame fouf-frante, fe communique difficilement à cette foule de Spec-tateurs qui vont au Théâtre pour être agités plutôt qu'af-fligés, & qui ont plus befoin d'émotions vives & paffagères que de fentimens profonds & douloureux.

Rebuté par le peu de fuccès qu'il avoit eu fur la Scène, M. Greffet fembloit y avoir renoncé ; fes amis ranimèrent fa confiance. Plus d'une fois ils lui avoient vu dans la fo-ciété cet efprit obfervateur & critique, fait pour démêler les prétentions, pour faifir les travers, pour peindre les ri-dicules, & cette caufticité douce, qui fans bleffer la vanité des autres, fait la faire rire elle-même de fes écarts ; ils l'avertirent donc que la Comédie étoit le véritable genre auquel la Nature l'avoit appelé, & l'encouragèrent à faire en ce genre un nouvel effai de fes forces. Heureux confeil, qui nous a valu le chef-d'œuvre de M. Greffet, cette char-mante Pièce du *Mechant*, l'une de celles qui dans fa nou-veauté a le plus attiré de Spectateurs, & la dernière dont puiffe fe glorifier dans fon déclin notre Théâtre Comique, où depuis trente années nous attendons des Ouvrages qui lui fuccèdent. Si l'Auteur n'a pas eu l'inutile prétention

d'être

d'être un Peintre tel que Molière, à la suite duquel tant d'autres se sont traînés en vain; s'il n'est pas aussi plaisant & aussi gai que *Regnard*, aussi original & aussi piquant que *Dufresny*, on peut dire au moins que le *Méchant* forme avec le *Glorieux* & la *Métromanie*, les trois époques les plus distinguées de la Comédie moderne; le *Glorieux*, par le contraste & le jeu des caractères & des situations; la *Métromanie*, par la verve qui en a imaginé les scènes & souvent dicté les vers; le *Méchant*, par une finesse de détails, une grâce & une légéreté de pinceau, qui faite pour des Spectateurs choisis, semble attacher cette Comédie plus qu'aucune autre au Théâtre de la Capitale; par une noblesse de ton, qui peut faire appeler cet Ouvrage la Pièce de la bonne compagnie; par une élégance de style & une pureté de goût, dont la Scène Françoise n'offre peut-être pas un plus parfait modèle; enfin par un si grand nombre de vers heureux, qu'à l'exception de Molière (qu'il faut toujours mettre à part & ne comparer à personne) M. Gresset est peut-être le Poëte comique dont on sait le plus de vers, quoiqu'il n'ait fait qu'une seule Comédie.

O vous, jeunes Ecrivains, que la Nature lui a destinés pour successeurs, observez avec le même soin que lui les ridicules si variés & si remarquables, dont la société vous offre à chaque pas une moisson abondante & trop négligée; essayez de les saisir avec la même finesse, & de les dessiner avec la même grâce; faites comme ces Peintres jaloux de la perfection de leur Art, qui avant de former l'ensemble de leur tableau, multiplient les esquisses & les études des figures qui doivent le composer; cherchez dans l'assiduité de ces observations & de ces travaux, les ressources dont vous avez besoin pour remplir le vuide affligeant que M. Gresset a laissé dans la carrière Dramatique; & ne souffrez pas que Thalie, en pleurant sur sa tombe, soit forcée d'y écrire ces tristes mots : *Ici repose la Comédie avec l'Auteur du Méchant.*

Plus modeste & plus sage que tant d'Auteurs médiocres,

D

qui avides de gloire comme s'ils en étoient dignes, aspirent avec confiance aux honneurs littéraires, & s'étonnent de ne les pas obtenir, ou laissent le Public étonné de ce qu'ils les obtiennent, M. Gresset, que des talens bien reconnus appeloient depuis long-temps à l'Académie, ne s'y présenta néanmoins qu'après le succès bien décidé de son dernier Ouvrage. Sa Comédie du *Méchant* à la main, il vint, pour la première fois, frapper à la porte de ce Temple des Muses ; aussi la porte s'ouvrit-elle sans délai, aux acclamations du Public & des Gens des Lettres, sans qu'aucun Concurrent criât à l'injustice, sans qu'aucun Protecteur lui prêtât l'inutile appui de ses importunes sollicitations, sans qu'aucune femme eût besoin de parler pour lui.

Mais sagement modéré dans ses désirs, content de ce qu'il avoit acquis de gloire, &, si je puis employer cette expression, économe de son bonheur, il sentit que l'envie, qui lui avoit pardonné son premier succès au Théâtre, l'attendoit à un second qui la rendroit inexorable : il auroit pu, comme tant d'Ecrivains célèbres, opposer à sa fureur impuissante de nouveaux triomphes, & braver ses coups en dédaignant de les repousser ; il aima mieux s'y dérober pour jamais. Il alla chercher au sein de sa Patrie & de sa famille un bien que sa célébrité le menaçoit de perdre, & que sa sensibilité lui rendoit nécessaire, ce bien, que le bon La Fontaine (dont la philosophie étoit vraie parce qu'elle étoit simple) a si heureusement caractérisé dans ces vers charmans, dictés à la Poésie par la raison & par la sagesse :

> *Le repos, le repos, trésor si précieux*
> *Qu'on en fit autrefois le partage des Dieux* [1].

M. Gresset trouva, non-seulement ce repos qu'il désiroit, mais toute la félicité qui peut être accordée à l'homme,

[1] Liv. VII , Fable XII.

dans l'union qu'il contraƈta bientôt avec une Compagne digne de lui. Il jouit du bonheur fi rare d'être aimé pour lui-même; bonheur qu'il eût peut-être ignoré dans une vie plus brillante, où la vanité forme prefque tous les engagemens, & où fa gloire eût été plus chérie que fa perfonne. Il goûta ce plaifir, devenu trop étranger à nos mœurs, d'aimer uniquement & par choix ce que le devoir oblige d'aimer; fituation la plus défirable pour un cœur tendre & honnête, puifqu'elle ajoute au fentiment le plus doux de la vie tout le prix attaché à la vertu. Plus heureux enfin que celle même à qui il s'étoit uni, il n'a pas eu la douleur de lui furvivre. Il l'a laiffée dans cet état, trop connu des cœurs qui ont aimé, où envifageant le vuide éternel que va répandre fur toute la vie une perte irréparable, l'ame affaiffée & flétrie retombe douloureufement fur elle-même, & où cherchant en vain autour de foi l'unique objet pour lequel on aimoît à vivre, on fe trouve feul dans l'univers avant de l'être au fond du tombeau.

Le bonheur de M. Greffet fut fi conftant & fi pur, qu'il ne put fe réfoudre à le voir jamais difparoître & s'anéantir pour lui. La Religion, dont il avoit toujours confervé le fentiment dans le fond de fon cœur au milieu de la diffipation des fociétés & de l'ivreffe des fuccès, offroit à fes vœux l'efpoir confolant d'une félicité durable; il embraffa cette attente falutaire, fi précieufe pour la vertu qui fouffre, & fi douce pour la vertu qui eft heureufe. Notre fiècle, qui trompé fi fouvent par la piété fauffe, refufe le plus qu'il peut de croire à la vraie, voulut un moment calomnier la fienne, mais ceffa bientôt d'en médire, & même de la foupçonner. Elle fe manifeftoit fur-tout par l'indulgence pleine de charité, par la fage tolérance (car pourquoi craindre de lui donner ce nom?) que M. Greffet témoigna toujours pour ceux qui avoient le malheur de ne pas penfer comme lui. Il les plaignoit fans les haïr, & à plus forte raifon fans les calomnier; il déploroit le mal qu'un zèle aveugle ou impofteur fait également à la Philofophie & à la Religion, en voulant les rendre ennemies; & comme il ne se montra religieux ni par hypocrisie ni par ambition, il ne fut aussi ni fanatique ni persécuteur.

Quoique détaché tout-à-fait du Théâtre, il n'avoit pu renoncer entièrement au talent rare qu'il avoit montré pour la peinture de nos mœurs. Il entreprit quelques Comédies, que les sentimens de piété qui croissoient en lui de jour en jour l'obligèrent bientôt à sacrifier. Cette abnégation totale du fruit le plus cher de ses talents prouveroit seule combien sa piété étoit vive & sincère; car de tous les sacrifices que les passions de l'homme peuvent faire à la Religion, le moins équivoque, parce qu'il est le plus pénible, est celui de l'amour-propre, de ce sentiment qui parle encore quand les autres passions se taisent, & que l'humilité chrétienne, si supérieure aux seules forces de la Nature, peut seule réduire au silence. Nous regrettons les détails agréables qui sans doute auroient rendu intéressante pour les Gens de Lettres la lecture de ces Comédies; mais nous n'oserions prononcer que le sacrifice fait par l'Auteur soit une perte pour le Théâtre. Nos ridicules sont si légers & si fugitifs, ils ont tant de mobilité & si peu de corps, qu'ils ne pouvoient guère être aperçus du point de vue si éloigné où s'étoit placé le Peintre. Il étoit néanmoins d'autant plus nécessaire de les voir distinctement pour les rendre avec vérité, que l'Auteur ne pouvoit se permettre dans cette peinture, de forcer, même légèrement, les traits & le coloris. Car il n'en est pas de nos travers fins & recherchés (si l'on peut les qualifier de la sorte) comme des travers communs & palpables de la société ordinaire, que Molière a mis sur le Théâtre. Ces ridicules si fréquens & si marqués, plus attachés à la nature humaine qu'à des circonstances locales, & faits par conséquent pour être présentés à la multitude des Spectateurs, exigent sur la Scène des traits forts & prononcés, auxquels cette multitude puisse les reconnoître, & souffrent dans le tableau l'espèce d'exagération que permet la perspective théâtrale. Nos ridicules au contraire font accompagnés d'une forte de grâce, qui leur est pour ainsi dire essentielle, parce qu'elle fait un des caractères principaux de notre frivolité : cette grâce ne peut donc être négligée dans la peinture de nos travers, mais ne peut en même temps y être exagérée, parce que la grâce finit où l'exagération commence : si le Peintre ne saisit pas exactement dans son dessein ces contours déliés & ces nuances délicates, il les manque entièrement, & ne fait qu'une charge au lieu d'un tableau.

M. Gresset nous fit lui-même trop sentir cette vérité dans la dernière Séance où appelé par le devoir, il vint se montrer un moment à la tête de l'Académie. Il voulut, dans le Discours qu'il prononça, peindre des ridicules dont il avoit, si je puis parler ainsi, perdu le trait & les formes. Le Public vit avec un silence respectueux, & avec une forte de douleur, le coloris terne & suranné de ces tableaux, comme il voit les derniers efforts de ces Artistes célèbres, dont la jeunesse s'est immortalisée par des chef-d'œuvres, & dont les mains défaillantes, encore attachées sur la toile qu'animoit autrefois leur génie, essaient en vain d'y représenter, par quelques traits informes, des objets que leurs foibles yeux ne peuvent plus apercevoir.

L'Académicien que vous remplacez, MONSIEUR, présida autrefois à la séance où cette illustre Compagnie daigna m'adopter; je ne m'attendois pas au triste honneur de présider à celle où il devoit être le sujet de nos regrets. Dans le foible hommage que je viens de rendre à sa mémoire, je n'ai fait que répéter l'éloge qu'il a déja reçu de la voix publique ; car c'est la voix publique qui doit nous dicter l'éloge de ceux que nous perdons, comme elle doit nous prescrire le choix de leurs successeurs. Cette voix est unanime sur le Confrère que la mort nous a ravi. L'Académie, les Lettres, la société, la vertu, la Religion (que j'aurois dû nommer la première) tout se réunit

pour le célébrer : heureux l'Ecrivain qui peut mériter une
si rare & si touchante Oraison funèbre ! Venez, Monsieur,
mêler vos regrets avec les nôtres ; venez, en partageant
nos travaux, nous dédommager de la privation où nous a
laissés si long-temps l'absence de votre Prédécesseur, qui
depuis trente années étoit comme perdu pour nous ; venez
mériter avec nous les bontés & la protection de notre jeune
& sage Monarque, que tous les mouvemens de son ame por-
tent à la justice, à la bienfaisance, à la simplicité, à l'horreur
de l'adulation, & qui pour aimer & faire le bien n'a besoiu
que de le connoître. Sensible à l'opinion publique, que
jamais un Prince vertueux ne méprise, il est trop éclairé
sur les vrais intérêts de sa gloire, pour ne pas protéger les
Lettres destinées à la célébrer, & flattées de remplir un devoir qui les distingue & qui les honore. Puissent-elles, dans
un temps où leur influence sur l'esprit national est plus sensible que jamais, dans un temps sur-tout où elles sont l'objet
de tant de haines déclarées ou secrettes, se préserver également
& de la bassesse qui les rendroit méprisables, & de la licence
qui les rendroit dangereuses ! Puisse l'Académie, au milieu
de la fermentation générale qui semble aujourd'hui agiter tous
les esprits, donner aux Gens de Lettres l'exemple si nécessaire de cette noble & sage décence, qui les fera respecter
sans les faire craindre ! Elle n'ignore pas, il est vrai, que
dans la Ligue peu effrayante dont nous sommes témoins,
de la médiocrité & de l'envie contre l'honnêteté & les
talents, elle a elle-même encouru la disgrâce de ces détracteurs subalternes, que tout mérite offense, & que
tout succès semble outrager. Mais elle se console de ce
léger malheur, j'oferois presque dire qu'elle s'en glorifie,
en voyant, Messieurs, l'empressement si flatteur pour elle,
que vous témoignez depuis long-temps pour assister à ses As-
semblées, & le gage assuré que vous voulez bien lui donner
par vos suffrages de l'intérêt que vous daignez prendre à ses
ravaux. Cette sage & paisible réponse est la seule qu'elle

doive oppofer à des Ecrivains plus malheureux par le fentiment qui les tourmente, que redoutables par les traits
qu'ils effayent de lui lancer ; elle ne fe croira vraiment à
plaindre, que lorfqu'abandonnée de vous , & oubliée même
de fes ennemis, elle ne pourra plus efpérer ni fatyres ni
Auditeurs.